W0315114

Marcos Mostaza

aniel Nesquens

straciones de
audia Ranucci

Marcos Mostaza dos

ANAYA

1.ª edición: junio 2008

© Del texto: Daniel Nesquens, 2008
© De las ilustraciones: Claudia Ranucci, 2008
© Grupo Anaya, S. A., Madrid, 2008
Juan Ignacio Luca de Tena, 15. 28027 Madrid
www.anayainfantilyjuvenil.com
e-mail: anayainfantilyjuvenil@anaya.es

Diseño: Gerardo Domínguez

ISBN: 978-84-667-7684-4
Depósito legal: M. 21965/2008
Impreso en Anzos, S. L.
La Zarzuela, 6,
Polígono industrial Cordel de la Carrera
Fuenlabrada (Madrid)
Impreso en España - Printed in Spain

Las normas ortográficas seguidas en este libro son las establecidas por la Real Academia Española en su última edición de la *Ortografía,* del año 1999.

Reservados todos los derechos. El contenido de esta obra está protegido por la Ley, que establece penas de prisión y/o multas, además de las correspondientes indemnizaciones por daños y perjuicios, para quienes reprodujeren, plagiaren, distribuyeren o comunicaren públicamente, en todo o en parte, una obra literaria, artística o científica, o su transformación, interpretación o ejecución artística fijada en cualquier tipo de soporte o comunicada a través de cualquier medio, sin la preceptiva autorización.

Índice

1

De misterio

No solo mi tía Covadonga tiene un hámster, mucha más gente lo tiene. Sin ir más lejos, mi amiga Lorena. Lorena tiene un *husky* siberiano y un hámster ruso. El hámster se llama Erizo y se lo regalamos por su cumpleaños. ¿Quiénes se lo regalamos? Pues Raquel (las chicas primero), Hanif y yo. A escote.

Hanif sacó su calculadora y dividió entre tres.

—A once coma seis seis seis seis seis... siete —dijo.

Cuando Raquel (más guapa que nunca) me preguntó qué regalo le podíamos hacer a Lorena, no lo pensé dos veces y contesté que el mejor de los regalos era un perfume de esencia de flor de naranja. Hanif negó con la cabeza y dijo que él conocía de verdad a Lorena y que el mejor regalo era el último CD de un grupo zaragozano que se llama Amaral. A lo que Raquel añadió:

—Qué equivocados estáis. Todos sabemos que Lorena tiene pasión por los libros, así que el mejor regalo, sin ningún tipo de duda, es un libro —y torció ligeramente la cabeza.

—Un libro, de acuerdo, pero… ¿de qué? —le preguntó Hanif, con los brazos en jarras.

—Un libro, un libro… un libro para leer —se defendió Raquel.

—Ya, pero un libro ¿de qué? —volvió a insistir Hanif.

—Chico no te entiendo. Los libros solo son libros.

—Lo que quiere decir —dije pasándole la mano por la cabeza a mi amigo de origen paquistaní— es que libros hay muchos: de ciencia ficción, de aventuras, de misterio, de fantasía, de miedo, históricos…

—O esotéricos —añadió Hanif.

—¿*Esoqué*? —preguntamos Raquel y yo al mismo tiempo.

—E-so-té-ri-cos. Son libros sobre fuerzas ocultas: magia negra, brujería, tarot, vudú…

No era la primera vez que escuchaba aquellas palabras, pero en boca de Hanif me resultaban totalmente nuevas.

—Pero ¿qué dices? Te has vuelto loco, ¿o qué? Para qué quiere Lorena un libro «isotérmico» —preguntó Raquel algo ofendida.

—Isotérmico no. Esotérico.

—Bueno, como se diga —se disculpó Raquel—. Pero dime tú para qué quiere un libro de brujería, magia...

—Un momento, un momento, que no cunda el pánico —dije—. Reflexionemos: es el cumpleaños de Lorena, va a cumplir diez años y le tenemos que regalar algo, somos sus mejores amigos pero no sabemos qué regalarle. Hanif dice que un CD; tú, Raquel, aseguras que lo mejor es un libro; y yo sugiero un perfume. Pero, cuidado, no un perfume cualquiera, un perfume de esencia de flor de naranja que, según escuché en la radio, es el que se pone Angelina Jolie.

—Tres regalos y tres cosas distintas —razonó Hanif—. ¿Qué os parece si llamamos a su casa y le preguntamos a su abuela, o a su tía?

—Muy bien pensado chico. Tal vez en su casa haya dicho algo sobre qué le apetece.

—Aunque mejor que llamar por teléfono podríamos pasarnos por su casa

—sugirió mi amigo—. Además, Lorena no estará. Hoy, y a estas horas, tiene clase de Informática —añadió mirando su reloj.

—Hoy no tiene clase. Es mañana cuando va a la academia de Informática —le rectificó Raquel.

—De eso nada monada. Va los martes y los jueves. Y hoy es martes. Ayer fue lunes y hoy es martes.

—Pero no es trece, señor mago Merlín. Tiene razón Hanif. Venga, vamos a su casa —dije de mala manera, sabiendo que Raquel, a mí pesar, no tenía razón.

2

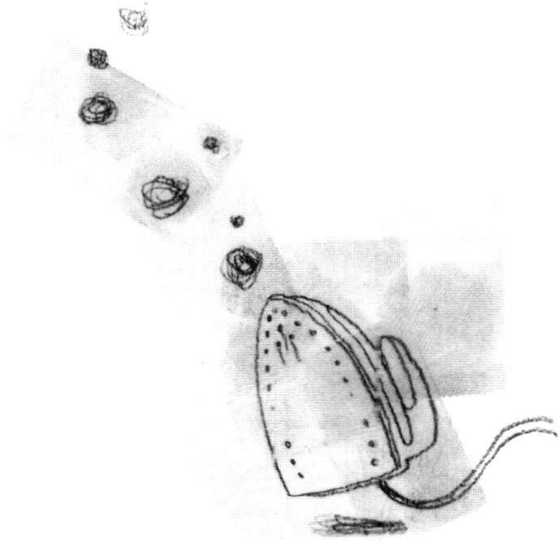

Somos nosotros

A pesar de la tarde algo fresca, la persiana estaba subida y la ventana del salón abierta. La abuela de Lorena planchaba y canturreaba una copla de esas que salen en las películas de «Cine de Barrio». A pesar de un martillo neumático que rugía en una obra cercana, se la escuchaba desde la calle.

Almohadón nos olió a trescientos metros y ladró en el momento que asomamos nuestras cabezas por la verja. Se puso a dos patas sobre la puerta y sacó su lengua rosada entre los barrotes.

—Tranquila Almohadón, tranquila —dijo Hanif, que no termina de creerse que la perra es más inofensiva que un osito de peluche—. Somos los amigos de Lorena. Nos tendrías que conocer ya.

¡Rin, rin!

—Ya va, ya va —contestó la abuela de Lorena, que debe de tener más de ochenta años, cuando escuchó el timbre, y siguió canturreando—: ...Él vino en un barco, de nombre extranjero. Lo encontré en un puerto un anochecer, cuando el faro blanco sobre los veleros su beso de plata... Na na na na rubio como la cerveza...

—Somos nosotros, señora Josefina —dijo Raquel.

—Ya os veo chicos. Almohadón ¿quieres dejar ya de ladrar?, perra testaruda. Creo que habéis hecho el viaje en balde —dijo sonriendo—. Mi nieta no está. Los martes tiene clase de Informática.

—Sí, ya lo sabemos —dijo Hanif, mirando a Raquel—. Por eso estamos aquí.

La buena señora se encogió de hombros y nos abrió la puerta. Almohadón aprovechó, se coló y salió a la calle.

—Eh, tú, ¿adónde vas? Será posible. Un descuido que tengo y...

Nosotros sabíamos de sobra que la perra no pretendía marcharse de casa, solo quería hacer pis en su árbol preferido. Y así fue. Se paró en aquel gran tronco que emergía del suelo, ladró y se rascó al mismo tiempo y... orinó sobre la corteza. Orinó sin saber que las otras dos partes del tronco son la médula y el cámbium, y sin saber que su árbol preferido era un plátano de sombra.

—Pero no discutáis por esas cosas —nos dijo la abuela de Lorena, cuando estuvimos dentro de la casa, sin dejar de planchar lo que debía de ser un camisón, su camisón—. Lorena es muy buena y se conformará con cualquier cosa que le regaléis. Lo importante es el detalle que vais a tener.

—Sí, eso ya lo sabemos —dijo Raquel. Y añadió—: tenemos tres posibles regalos: un perfume, un libro y un CD.

—Un perfume de flor de naranjo, no cualquier perfume —dije yo.

—Bah, bah. Paparruchadas. Sin ser malos regalos no creo que ninguna de esas tres cosas sea lo que le haga verdadera ilusión a mi nieta.

Una vaharada de vapor salió de la plancha. La abuela de Lorena dejó el pequeño electrodoméstico de canto sobre la tabla de planchar.

Dobló el camisón perfectamente, miró a una esquina y dijo:

—El mejor regalo sería un hámster.

—¿Un hámster?

—¿Un hámster?

—¿Un hámster?

—Eso he dicho: un hámster. Un roedor de esos que viven en una jaula.

Se acercó a un cajón, lo abrió, sacó un lápiz, una hojita de papel y, ante la cara de sorpresa que pusimos los tres, la abuela de Lorena dibujó algo parecido a un hámster.

—Lo veis. Estas son las orejas, los ojos, las patitas y ya, por fin, la cola. Ah, me dejaba los bigotitos.

Y nos lo dijo como si acabásemos de cumplir tres años y fuésemos alumnos de mamá, como si nuestro libro preferido fuese *Kangu va de excursión*.

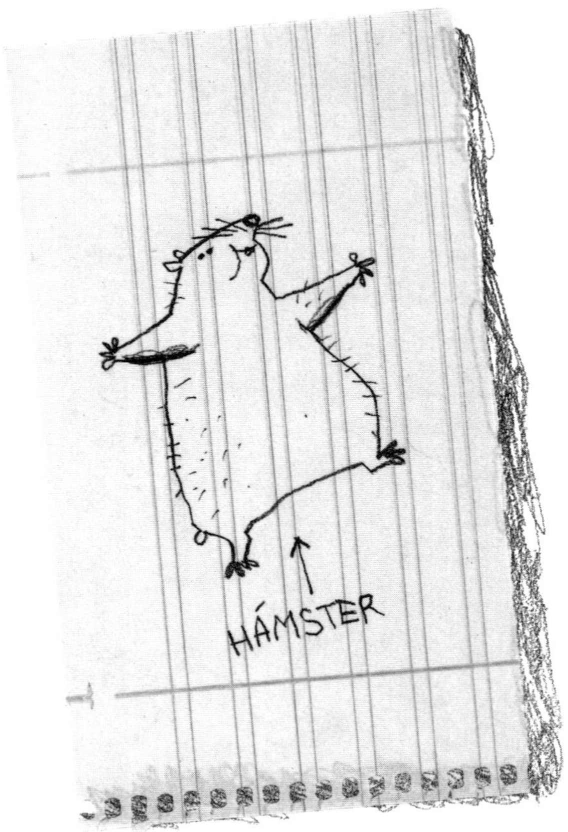

—¿Os apetece una manzana? —nos preguntó después de terminar el dibujo de algo parecido a un ratón con sobrepeso.

Raquel dijo que no con la cabeza, yo me encogí de hombros.

—¿Pelada o sin pelar? —preguntó Hanif.

—¡Un hámster! —dijo Raquel cuando ya estábamos fuera de la casa—. No me lo puedo creer.

—Un hámster, sí. Eso ha dicho. Nada de libros, nada de música.

—Pues tendremos que regalarle un hámster —dije, fijando mi vista en un hombre que caminaba como un buzo.

El hombre se paró y se rascó la nuca. Miró al cielo y siguió su camino. Desapareció.

Nos quedaba una larga tarde por delante.

3

Por arte de magia

Aquella tienda olía a mil cosas. Una mezcla de pis, sudor, nitratos, humedad, huevos podridos... Olía a sopa de sobre. Sopa de sobre caducada hace mil años. Qué digo mil... cien mil años.

El dependiente debía de tener la edad de mi padre, pero tenía la cabeza salpicada de canas, y era más alto, como un palmo más. Llevaba una bata blanca encima de la ropa. Eso le daba cierto aire académico, de veterinario o algo similar.

—Así que... queréis comprar un hámster, ¿eh? —nos saludó el dependiente. Y lo dijo de forma algo rara, como si tuviera un caramelo en la boca.

Se enderezó las gafas, que enseguida volvieron a estar torcidas. Se tragó el caramelo y nos preguntó:

—¿Y para quién es el hámster?

Nos lo preguntó como si de ello dependiera el que nos vendiera el hámster o no. Como si, una vez conocido el futuro dueño o dueña del animal, nos recomendase regalarle otro de los muchos animales que había en aquella tienda que olía que apestaba. Por ejemplo: un guacamayo azul y amarillo de alas rojas.

—¿Y para quién es el hámster, o es un secreto? —repitió ante nuestro silencio.

Raquel extrajo una cartera pequeña de su mochila con el escudo del Real Zaragoza, la abrió y sacó una foto suya con Lorena, con las cabezas juntas, riéndose abiertamente, Lorena mostrando sus dientes blancos y Raquel enseñando sus dientes pequeños y afilados. Detrás de ellas: un montón de olas.

—Para ella —dijo Raquel.

—¡Aaaah! —dijo el dependiente. Cogió la fotografía y la examinó como si lo que tuviera entre las manos fuese el hueso del último mamut que habitó la Tierra hace 18.000 años—. A ver, a ver…

Salió de detrás del mostrador y sus pasos se dirigieron a una estantería metálica con diferentes urnas de metacrilato transparente, en cada una de ellas se veía a un roedor. El suelo que pisaban los roedores era una mezcla de tiras de hojas de periódico con virutas de madera.

—Este es un *mesocricetus auratus*, es el roedor más frecuente en nuestros hogares. Este —dijo señalando otra urna— es un *cricetulus griseus*, como podéis ver es más pequeño que el anterior. Este otro es un *phodopus sungorus*, se ve a simple vista, fijaos en esta raya oscura en su lomo. Y este es el campeón de los hámsteres. Nada más y nada menos que todo un *phodopus roborosvski*, es el más pequeño de todos y también el más nervioso. Esta especie solo la tengo yo. En exclusividad —el dependiente se volvió a enderezar las gafas—. Su precio es un poco más elevado, pero claro… Yo personalmente, después de conocer a la futura dueña, os recomiendo, como no, el *phodopus roborosvski*. Suele vivir de dos a tres años. Este que tengo aquí nació hace un mes, concretamente…

Entonces, se abrió la puerta de la tienda y apareció un señor con una niña en una mano y una jaula en la otra. El hombre se acercaba con grandes pasos. La niña tendría unos tres años, lloriqueaba y se secaba las lágrimas con un pañuelo de papel.

Nos tuvimos que apartar y dejarle sitio. No dijo ni buenas tardes. Dejó la jaula sobre el mostrador y mirando a los ojos del tendero con verdadera furia, abrió su boca y bufó como un toro:

—¡Usted me aseguró que esto era un *phodopus roborosvski*! ¡Me juró y perjuró que tenía apenas dos semanas de vida! ¡Mentira!

—Caballero, por favor, no se lo permito —dijo el vendedor.

—Usted se calla. Esto, que está más muerto que el señor que inventó el café con leche, no es otra cosa que la mezcla de una rata de alcantarilla con un ratón de campo. Y era, utilizo el verbo en tiempo pasado, porque el pobrecillo ya no respira. Está, como usted puede ver, muerto…

—Muertecito —hipó la niña.

—Y es que el animal era más viejo que Matusalén. O me devuelve el dinero o le pongo una denuncia que se va a enterar. Usted no sabe con quién está hablando… ¡Oh, disculpad! No me había dado cuenta de que estabais aquí. Perdonad —dijo el señor toro, de repente, como si hubiésemos aparecido a su lado por arte de magia.

4

Una bañera con hidromasaje

Salimos de aquella tienda como habíamos entrado. Sin comprar nada. Ni un *mesocricetus auratus*, ni un *cricetulus griseus*, ni un hámster enano descubierto por el científico Roborosky en 1894 en el extremo este de Kazajistan... Salimos con las manos vacías.

Antes de salir de la tienda, me giré y vi cómo el señor malhumorado soltaba a su hija de la mano y, con sus dos manos libres, cogía del cuello al dependiente. Este, como podía, abría la caja registradora y le ofrecía un puñado de billetes al cliente descontento.

—Vaya genio —dijo Raquel, mientras caminábamos en dirección al paso de peatones.

—¿Y ahora qué hacemos? —preguntó Hanif.

—Lo mejor será que vayamos a otra tienda. Creo que han abierto una pajarería justo detrás de donde vive el más listo de la clase, Sergio Casanova —dijo Raquel. Y dijo Sergio Casanova de una manera que no me gusto nada, con cierto aire de complicidad, de película de amor.

—Pero si es una pajarería solo habrá, como su propio nombre indica, pájaros, no tendrán hámsteres por mucho que la tienda esté detrás de donde vive el listo de Ca-sa-no-va. Propongo que compremos el hámster por Internet —dije, seguro de manejarme bien en el ordenador.

—¿En Internet? Tú te has vuelto loco, ¿cómo vamos a comprar un animal por ordenador? Hay que ver la mercancía antes de comprarla —dijo Hanif.

—Lo mejor será acercarnos a la pajarería. Estamos a menos de diez minutos. Y si tienen hámsteres compramos uno y nos lo llevamos. Sin más —sentenció Raquel.

La tienda era algo más grande que la anterior y olía mejor, mucho mejor. Y había más animales. Más animales que personas. Concretamente cuatro personas: nosotros tres y el dependiente. 3 + 1 = 4.

El dependiente, un muchacho de apenas veinte años, que se había cortado al afeitarse y llevaba todavía un trocito de papel de váter pegado a la barbilla, nos saludó con su mejor sonrisa y nos invitó, con un gesto, a recorrer la tienda de arriba a abajo.

Mientras Raquel y Hanif miraban y reflexionaban sobre este o aquel hámster, yo me entretuve contando los pájaros que había en aquella pajarería. Resultado: uno. Una isabelita del Japón de pico de color carne, inmovil, que miraba una ventana entreabierta. El resto: cachorros de perros, gatos, conejos, tortugas, peces de colores y hámsteres, muchos hámsteres. Más que una pajarería aquello era el «Todo hámsteres».

Ni que decir tiene que salimos de la tienda con un hámster dorado (un *mesocricetus auratuis*) de pelaje anaranjado, denso, suave, de patas cortas y de cola pequeña y rechoncha. Y que según el dependiente no había cumplido ni cuatro semanas de vida.

También salimos con una jaula. Porque, claro, regalar un hámster envuelto en papel de regalo resultaba complicado. Así que tuvimos que «rascarnos» el bolsillo y comprar una jaula de dos pisos, con su casita de tejado a dos aguas, con su noria y sus correspondientes comederos. Solo le faltaba a la jaula una pista de *squash* para que el roedor se pusiera en forma, una bañera con hidromasaje y un microondas.

Antes de salir de la tienda y, aprovechando la continua amabilidad del joven dependiente, me atreví a preguntar:

—¿Cómo es que en el rótulo de la tienda pone pajarería y solo tienes un pájaro?

El muchacho se giró, me señaló una ventana pequeña, entreabierta y me contestó con algo de pena:

—Han volado. Se han escapado esta noche. Todos menos ella (y señaló a la isabelita del Japón).

—¿Y cómo es que no se ha fugado? —pregunté.

El muchacho cogió un bolígrafo y dibujó un huevo, un huevo pequeñito. Incluso dibujó una línea quebrada. El polluelo estaba apunto de salir.

—Está empollando —dijo. Suspiró y apretó la boca hasta formar una línea casi recta.

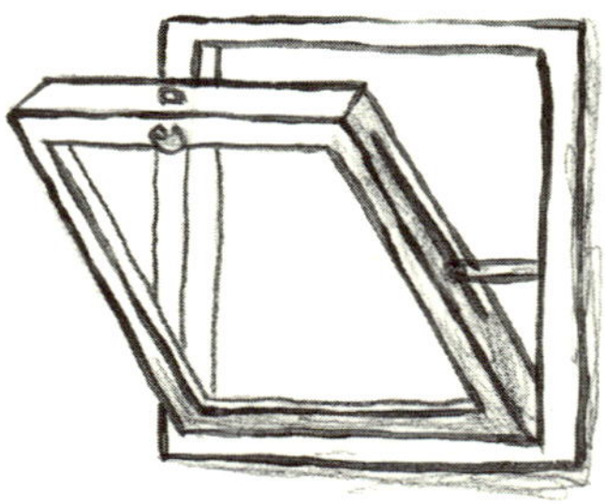

5

Arizona

—Loreno —me dijo Hanif mientras nos columpiábamos en nuestro parque preferido. Las manos bien sujetas a las cuerdas.

—¿Cómo dices?

—Loreno. Es un hámster macho, entonces qué mejor nombre. Loreno y Lorena. ¿Qué te parece?

Hanif subía y yo bajaba.

—¿Te digo la verdad, Lechuga 222?

—Por supuesto, Brócoli 301. La verdad y nada más que la verdad. Cambio.

—Me parece una solemne tontería. Lechuga 222. Cambio.

—Todo lo que digo te parece una tontería. Pero escucha esto, Brócoli 301: estoy divisando un planeta nuevo. Parece algo más grande que Plutón. Estamos ante el décimo planeta del sistema solar. Cambio.

—¿Estás seguro de que se trata de un nuevo planeta y no de un planetoide? Cambio.

—Tan seguro como que veo venir a Raquel. Arizona, arizona, arizona. Corto y cambio.

Arizona era la palabra clave. Peligro. Debíamos renunciar a seguir con nuestro juego secreto de las naves interespaciales o nos tomarían por locos. Y no es cuestión de dar que hablar a los amigos.

—Pero ¿se puede saber que hacéis jugando a los columpios como dos nenes? —nos interrogó Raquel. Y después—: ¿Quién es Arizona?

—Estábamos atrapando nubes —le contestó Hanif.

—Qué bonito. ¿Y cuántas habéis atrapado?

—Dos. Una nube de algodón que nos acabamos de comer y otra de puntos.

—¿Una nube de puntos?

—Sí. Y hemos unido los puntos, como en las páginas de pasatiempos. Sin darnos cuenta hemos formado un nombre —dijo Hanif.

—¿Querrás decir que has formado un nombre? Yo no he hecho nada —dije, anticipándome a lo que Hanif iba a decir.

—¿Y qué nombre es ese, si se puede saber? —preguntó Raquel.

—El nombre del hámster que le vamos a regalar a Lorena.

—¡Ah!, que original. El nombre del hámster. Me muero de curiosidad por saberlo. Me tienes en ascuas.

—El nombre que se ha formado siguiendo los puntos es… Loreno —y lo dijo como si hubiese abierto un sobre y hubiese sacado la tarjeta con el nombre del ganador de un viaje a Disney World.

Raquel miró a Hanif y me miró a mí. Se llevó un dedo a la sien y lo giró. «Este tío está como una regadera», no lo dijo, pero lo pensó.

Los tres nos sentamos en un banco próximo a la zona de juegos de los más pequeños. Una niña llena de rizos cabalgaba sobre un caballo de madera. Su madre no la perdía de vista.

—Yo pienso que lo mejor será que Lorena sea quien le ponga el nombre. Va a ser su hámster, así

que tendrá que ser ella quien decida. ¿No os parece? —dijo Raquel.

—Bien pensado—dije.

Hanif no dijo ni que sí ni que no. Así que sería Lorena quien le pusiera nombre a mister «X».

—¡Oye!, ¿pero no me habéis dicho quien es Arizona? —nos preguntó de improviso Raquel.

Yo me encogí de hombros. Hanif puso cara de tonto, se puso en pie, recogió una bola de papel de aluminio del suelo y la lanzó a una papelera que estaba a más de 6 metros, como si se tratara de una pelota de baloncesto.

—Dentro, dentro. Soy un fenómeno —dijo, y se volvió a sentar y comenzó a decir posibles nombres de los invitados a la fiesta de cumpleaños de Lorena. Solo sabíamos que éramos ocho: cuatro chicos y cuatro chicas.

Hanif cogió una rama y escribió sobre la gravilla:

Marc.

Raquel.

Lorena.

Yo.

Abadía.

Azahara.

¿Lorien?

¿...?

6

Sentado al revés

Creo que no es casualidad que Hanif viva en la calle Astrónomos. Tal vez por ello su pasión por el juego de las naves interespaciales. Tal vez por ello su padre le regaló un telescopio reflector a su vuelta de un viaje a Florida, Estados Unidos. Y es que al parecer, cruzo los dedos, un departamento de la NASA va a contratar al padre de Hanif para escribir el guión de una serie para divulgar la astronomía entre los niños del Primer Mundo.

Es curioso que viviendo en una ciudad como la nuestra, a tantos kilómetros de distancia, se pueda trabajar para una empresa tan importante. Según me dice Hanif hoy todo es posible gracias a los avances tecnológicos. Cierto.

Al principio, el padre de Hanif se comunicaba con los americanos a través de vídeoconferencia, pero los americanos le mandaron un billete de ida y vuelta para que fuera a conocer personalmente las instalaciones de la NASA en Cabo Cañaveral. Así que se marchó. Llegó, vio y compró. Le compró el telescopio reflector y unas zapatillas Nike a un precio irrisorio.

Esta vez se acordó del mejor amigo de su hijo y me trajo un obsequio: un póster. En la fotografía se puede ver a un astronauta flotando en el espacio, sin ninguna atadura, se trata (según he averiguado) de Bruce McCandless. La foto está firmada por él y fue tomada en 1984. Al parecer, el astronauta intenta reparar un fallo en el satélite Solar Maximun; esto lo sé porque me lo dijo Hanif.

A mí el regalo me pareció bien, pero si me hubiera preguntado le hubiese pedido el videojuego de *Tomb Raider 3*, en el que Lara Croft se enfrenta a nuevas aventuras; pero ni me preguntó, ni le contesté.

Para pedazo de póster el que tiene Hanif en su habitación. Ocupa casi toda una pared. Es doble. Y no se lo regaló su padre, se lo regaló la asistenta que cuida de la casa y que cuida de él cuando su padre está fuera. Se lo regaló cuando cumplió los 8 años.

En la parte derecha están dibujadas sobre un círculo azul todas las constelaciones que podríamos ver si mirásemos al cielo una noche cualquiera: la Osa Mayor, la Osa Menor, Orión, Andrómeda, Hércules, Pegaso… En la izquierda: Alfa Centauro, Sagitario, Tucán…

—El Sol es la estrella más brillante del sistema solar. Todos los planetas giran a su alrededor —me dijo Hanif la víspera del cumpleaños de Lorena.

—¿Incluido ese décimo planeta que todavía no tiene nombre? —le pregunté.

—Incluido.

Pase la mano por aquel telescopio que descansaba sobre un trípode. Me parecía milagroso que mirando por aquella lente se pudieran ver las estrellas que forman la Osa Mayor. Hanif, sentado al revés, de bruces sobre el respaldo de la silla, miraba la jaula con el hámster que al día siguiente le íbamos a regalar a nuestra amiga.

—¿Qué nombre le pondrías tú? —me preguntó, obsesionado con el nombre «de las narices» del hámster, que guardaba hasta el momento de llevarlo a casa de Lorena.

—¿Al hámster?

—No, hombre no. Me refiero al décimo planeta.

No me lo pensé.

—Hanif, el planeta Hanif. —contesté.

—Así me gusta —dijo Hanif, y se puso en pie—. Venga, vamos abajo, te voy a preparar un bocadillo de esos que solo yo sé preparar. Un bocadillo que te vas a chupar los dedos, Brócoli 301.

—Afirmativo, Lechuga 222.

7

Me gusta mucho

Hanif había adivinado seis de los ocho nombres. Lorien Vigalondo no estaba invitado, en su lugar había un chico que vestía como si estuviese en una boda, en su boda. La otra era una chica muy tímida de grandes ojos verdes. Era compañera de pupitre en la academia donde Lorena estudiaba Informática, y se llamaba Almudena. Era la única que a Lorena la llamaba con el nombre de «Lo».

—Las olas son caricias que van y vienen —dijo Lorena, enigmática como siempre, y después, metiendo el dedo entre los barrotes de la jaula—: Erizo.

—¿Berizzo? Ese es un futbolista. Jugó en el Celta de Vigo, de defensa central —dijo Sergio Abadía el portero de nuestro equipo de fútbol sala, y que lo sabe todo sobre ese deporte. Tanto le gusta el fútbol que su gata se llama Marca.

—No, Berizo no. E-ri-zo— le corrigió Lorena.

—Pero Lorena, esto no es ningún erizo. Yo no le veo las púas por ningún sitio. Esto es un hámster —dijo Hanif, señalando la jaula—. Un hámster dorado para más señas. Y no me parece lógico llamarle así.

—¿Ah, no? ¿Entonces cómo le debo llamar «señor metomentodo»?

Quise taparle la boca pero no pude.

—Loreno —contestó Hanif con toda la naturalidad del mundo.

Todos nos echamos a reír.

Hanif se puso rojo como un tomate.

—Ya te lo había dicho yo —le dije—. Tu nombre era una auténtica tontería.

—Pues a mí me gusta más. Dónde va a parar. Creo que no me habéis entendido. Lo-re-no —repitió.

En aquel momento me di cuenta de lo tozudo que podía llegar a ser mi amigo Hanif.

—Votemos —propuso Lorena, siempre tan generosa—. Levantad la mano quienes estéis a favor de Loreno (está claro que solo la levantó Hanif). Ahora que levanten la mano los que estén a favor de Erizo.

Siete a uno.

Hanif arqueó las cejas, hinchó los carrillos y dio una gran patada en el suelo. Nunca le había visto reaccionar así.

Menos mal que la abuela entró con varias bandejas repletas de sándwiches, mini *pizzas*, pinchitos de diferentes cosas, pastelitos caseros... Con mucho cuidado las colocó sobre la mesa.

Al momento apareció la tía de Lorena, aquel día libraba en el hospital, con una bandeja con vasos de plástico y dos jarras: una de color blanco y otra de color anaranjado.

—Escuchad chicos, escuchad chicas. Esta jarra de color blanco es leche de coco y esta otra es zumo de papaya. La papaya tiene un alto contenido de calcio y favorece el proceso digestivo, y es rica en vitamina C, ya sabéis, la vitamina que refuerza el sistema inmunitario. El coco, como ya sabréis, es rico en sales minerales y en fibra. Además tiene mucha vitamina E, y la vitamina E protege a las células contra la oxidación.

—¿Y no hay Coca-Cola? —preguntó el nuevo—. La Coca-Cola es muy rica en general. A mí me gusta mucho. Y mi abuelo Matías la utiliza para quitar el óxido a los tornillos y las tuercas.

La tía de Lorena torció la cabeza y le lanzó una mirada que parecía decir: «Si tuvieses treinta años más te retorcía el cuello, pedazo de zopenco».

Y no sé por qué pero en vez de abalanzarme sobre la bandeja con las mini *pizzas* (me sonaban las tripas) pensé en las pocas palabras que empiezan por la letra *z*. Zopenco, zapato, zorro, zumo… y pocas más. Tal vez por ello la *z* sea la última letra del abecedario. *A, b, c, d, e, f, g…*

8

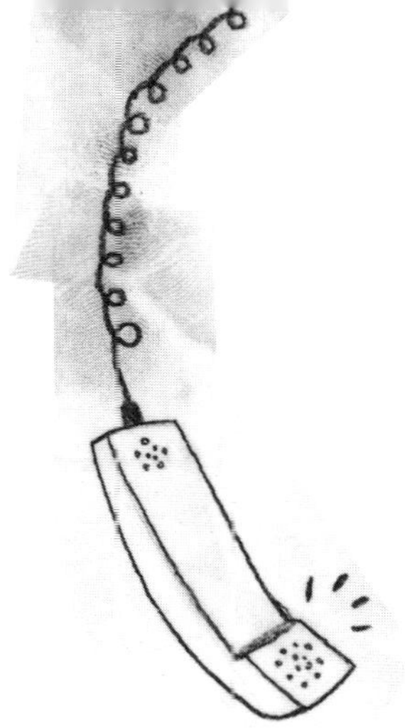

Soy la princesa

La abuela de Lorena nos tenía preparada una sorpresa, pero no pudo ser. Al final, la sorpresa nos la dio su tía Grace.

Yo bebía un vaso de leche de coco cuando sonó el teléfono. Lo cogió Lorena y se lo pasó a su abuela. Su abuela estuvo hablando unos minutos. Gesticulaba y se enfadaba por momentos. Al final colgó. Se acercó a su hija Grace y le dijo algo al oído. La tía de Lorena arqueó las cejas y soltó un «¡vaya!». Me acerqué con disimulo. Un poco más.

«No te preocupes, mamá, yo lo arreglo», pude escuchar. Acto seguido, la tía subió las escaleras y desapareció de la fiesta.

Por las escaleras volvió a bajar una señora vestida con una camisa de colores y una falda larga. Se veía claramente que era la tía Grace disfrazada de algo.

Un sombrero de paja sobre la cabeza y una nariz de payaso le daban cierto aire gracioso.

Al parece el animador que había contratado la abuela de Lorena para el cumpleaños había sufrido un repentino dolor de barriga que le impedía acudir a la fiesta. Sin tiempo para buscar ningún sustituto, la tía Grace había decidido ejercer de accidental animadora para los invitados.

Miré a Lorena: agachó la cabeza y se tapó la boca con la mano. Hanif me dio un codazo.

—¿Oye, no es esa la tía? Pero ¿para qué se ha disfrazado?

—Imagínatelo.

Lorena comenzó a aplaudir, la siguió su amiga Almudena. Todos aplaudimos.

—Hola, amiguitos. Permitidme que me presente: soy la princesa Gracia de García. ¿O García de Gracia? Uy qué gracia, no sé cómo me llamo. Bueno podéis llamarme Princesa, sin más.

—¿*Sin más* junto o separado, Princesa? —preguntó el nuevo. Parece ser que el nuevo era el único que no se había dado cuenta de que aquella señora parada a mitad de las escaleras, vestida de aquella guisa, era la tía de Lorena.

La tía ignoró el comentario.

—¿A que no sabéis en qué se parece un ascensor a una camisa? —nos preguntó, mientras bajaba los últimos peldaños, dibujando en el aire con las manos un ascensor y una camisa.

Nadie se atrevía a decir nada. Raquel levantó la mano.

—En que los dos llevan botones —dijo Raquel.

—Muy bien. Un aplauso para ella (todos aplaudimos), y este bonito premio.

La tía Grace sacó un pequeño paquete de uno de los bolsillos de la falda y se lo dio a Raquel.

—Sobre la vaca, la *o*. A qué no lo aciertas, a qué no —dijo mirándome a los ojos.

Me encogí de hombros.

—Sobre la vaca la *o* —repitió abriendo mucho la boca.

—¡*Bacalado*! —gritó el nuevo que al parecer no era de *Bilbado*, ni de San Sebastián.

La tía dejó la adivinanza y nos contó el cuento de la manzana golden que quiere convertirse en una pera de agua. ¿No sé si lo conocéis?

Ni que decir tiene que terminamos jugando al juego de las sillas. Ni que decir tiene que gané yo.

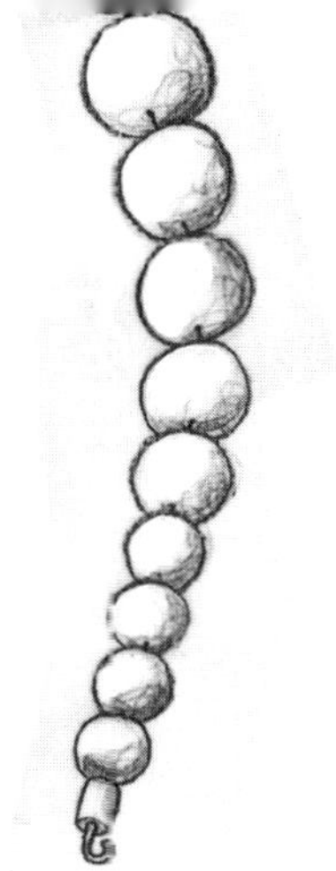

9

1040 euros

La tía de Lorena se llama Grace. Es enfermera jefa en una de las plantas del Hospital Clínico, no sé si de la quinta o la décima.

Según la propia Lorena, el nombre Grace, lo puso de moda una actriz de los años cincuenta. Una actriz muy guapa que se casó con el príncipe de un país europeo muy pequeño de la Costa Azul. Así que de actriz pasó a princesa. Y de princesa a madre.

La abuela de Lorena era una verdadera admiradora de aquella mujer, había visto no sé cuántas veces todas sus películas. Y nos asegura que el collar de perlas que lleva es el que luce Grace Kelly en *La ventana indiscreta*. Así que no se lo pensó dos veces cuando tuvo a su primera hija (la tía de Lorena) y le puso, a pesar de las dificultades que tuvo en el Registro Civil, de nombre Grace. A la segunda de las hijas, a la madre de Lorena, que falleció en un terrible accidente de coche, le puso de nombre Reina. Y es que esa vez el secretario, o quien fuese, no le permitió inscribir a su segunda hija con el nombre de Princesa.

Casualidades de la vida o no, pero resulta que la princesa del pequeño país murió en una fatídico accidente de circulación en una curva en la que hasta Fernando Alonso (¿Alonso es nombre o apellido?) hubiera tenido algún problema. Corría el año 1982. El coche, un Rover 3500, también corría a más de mil. Se salió de la carretera y cayó por un terraplén. Aseguran las malas lenguas que quien conducía no era ella, era su hija pequeña, menor de edad. En el año 1982 yo no había nacido.

La tía de Lorena está soltera y, según su sobrina, nunca ha tenido suerte con los hombres. Nunca. Su último admirador le regaló un juego de escobillas de limpiaparabrisas. Cuando su tía abrió el paquete y vio las escobillas, le entró tal enfado que estuvo cinco días sin salir de su habitación. Encerrada.

«Dudaba si regalarte las escobillas o un juego de bombillas para los intermitentes traseros», se excusó el pretendiente viendo como la enfermera Grace se levantaba de la silla y abandonaba el restaurante donde cenaban.

«Hay que cambiarlas cada año», se excusó el idiota. Y se pasó la servilleta por los labios.

—¿Cinco días encerrada?, creo que exageras un poco —dijo Hanif.

—Aunque únicamente fueran dos —dijo Lorena—, no creo que unos limpiaparabrisas sea el regalo apropiado para una mujer tan buena y tan guapa como mi tía. Con lo fácil que hubiese sido contentarla con un perfume de flor de naranjo.

Hanif y Raquel me miraron sorprendidos.

—Tú debías de ser una enana. ¿Cuánto hace de eso? —quiso saber Hanif.

—Cinco o seis. Pero me acuerdo perfectamente.

—¿Y un hámster, un hámster es un buen regalo para una chica como tú? —le pregunté.

—Sí, un hámster sí que lo es. Estoy segura que si aquel pedazo de burro le hubiese regalado un hámster, a mi tía no le hubiera entrado semejante enfado.

—Pero una cosa: ¿tenía tu tía coche o no? —precisó Hanif.

—¡Pero si no tiene ni carné de conducir! —dijo Lorena.

—Aquel tío era tonto. Si al menos le hubiese regalado un coche…

—Pues no dices tú nada —la interrumpió Raquel—. Con el dineral que vale un coche. Mi padre todavía sigue metiendo una moneda de dos euros en una hucha todos los domingos con la idea de, cuando esté llena, cambiar de coche.

—¿Hace cuánto tiempo está ahorrando?

Hanif me quitó la pregunta de la boca.

—No sé —dudó Raquel—. Yo siempre he visto la hucha en casa.

—Vamos a ver: 2 euros por 52 semanas que tiene un año hace un total de 104 euros, por diez años que esté ahorrando: serán 1040 euros. O cambia y mete un billete de 50 euros cada semana o se compra una bici.

—¿De cuántas ruedas? —preguntó Hanif.

—¿Qué insinúas, que mi padre no sabe montar en bicicleta? —se molestó Raquel.

Hanif se encogió de hombros y se frotó la nariz con el canto de la mano.

10

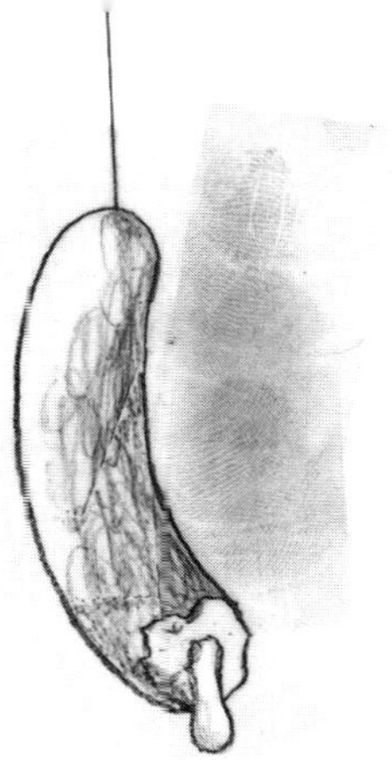

Rellenas de queso

Según Internet los hámsteres comen de todo: semillas, hierbas, fruta fresca, frutos secos, lombrices, insectos... Pero según Lorena, Erizo solo come trocitos de salchichas *frankfurt* rellenas de queso. «De alguna marca en especial», le preguntó Hanif, haciéndose el gracioso. Nadie le rió la gracia.

Lorena nos pidió que la acompañásemos a la pajarería donde habíamos comprado el hámster. Quería preguntar si aquello era normal o no.

Salimos de clase y fuimos con ella. Raquel no pudo acompañarnos, tenía que ir a ver a su abuela a una residencia que hay a las afueras de la ciudad. Su padre vino a buscarla en su viejo Peugeot 309.

El joven dependiente nos reconoció nada más entrar y nos obsequió con la mejor de sus sonrisas.

Esta vez no se había cortado al afeitarse, directamente no se había afeitado. Una barba de tres días oscurecía su cara de chico travieso. Lorena se quedó prendada del muchacho. Me dijo algo al oído que no entendí. Tal vez: «Muere el sol y en su lugar aparece él».

El joven y amable dependiente se inclinó sobre el mostrador buscando la jaula que no llevábamos con nosotros.

Lorena se disculpó por no haber llevado el animal.

—Acabamos de salir de clase —dijo. Y le explicó que su hámster solo comía salchichas rellenas de queso.

Por la cara que ponía el muchacho parecía que Lorena le estuviera hablando de un posible fantasma que, con su sábana blanca, se pasease por la calle Alfonso ante la vista de todos.

—¡Aaaah!, muy interesante. Los hámsteres comen de todo, incluso carne. Pero de ahí a comer solo salchichas rellenas de queso… Lo importante es una dieta rica, equilibrada y, sobre todo, muy variada. Puede ser peligrosa la

carencia de ciertos minerales —dijo como si fuese un amigo de la tía de Lorena—. ¿Y beber?, ¿qué bebe? ¿No me querrás decir que solo bebe leche de coco?

—No, beber bebe agua del grifo. Todos los días le lleno el bebedero con agua del grifo, pero ya te digo...

El muchacho se rascó la cabeza y sacó un gran libro que tenía debajo del mostrador. Empezó a pasar páginas y más páginas. Con su dedo índice pasaba de una línea a otra. Se detuvo en una línea y pasó de golpe unas cien páginas. Pasó unas cuántas páginas más, se mordió el labio superior y cruzó los brazos sobre el pecho como si tuviera frío. Movió la cabeza con incredulidad.

—¿En qué parte de la casa está la jaula?

—En mi habitación —contestó Lorena sin pensárselo.

—¿Y tienes televisión en tu habitación?

—No, mi tía Grace no me deja.

—Ah. ¿Qué nombre le has puesto al hámster?

—Erizo.

—Bonito nombre, Erizo, muy bonito, sí señor. ¿Y ha visto Erizo algún programa de televisión?

Lorena miró a Hanif, Hanif me miró a mí, y yo miré al dependiente. Lorena afirmó con la cabeza.

—El día de mi cumpleaños se pasó la tarde y la noche en el cuarto de estar. Y desde donde estaba podía ver el televisor. ¿Por qué me preguntas eso?

El dependiente arrugó la nariz como si estuviera a punto de estornudar.

—Lo único que se me ocurre —dijo— es que se le quedase grabado en su cerebro algún anuncio de esos de salchichas. Los cerebros, chicos, son entes desconocidos. Es posible que alguna neurona asocie las salchichas con algo como…

—Ahora que me acuerdo, ¿no sacó tu abuela una bandeja con mini salchichas rellenas de mini queso en la fiesta de tu cumpleaños? —le interrumpió Hanif, dejándonos con la mosca detrás de la oreja.

El dependiente cerró el libro de golpe y miró a Lorena como diciendo: si yo tuviera que vigilar a todos los animales que salen de esta tienda me volvería completamente loco.

Echó un vistazo a su reloj y, como si tuviera pactada una venta, entró en la pajarería una señora de unos cincuenta y tantos años.

—Buenas tardes —saludó la señora.

—Buenas tardes —contestamos todos.

—¿Qué desea? —le preguntó el muchacho.

—Quisiera uno de esos animales de cuatro patas y un rabo que se suben por los árboles. No sé si me explico —dijo la señora. Y precisó—: es para mi nieto Alejandro José que cumple once años.

—Se explica usted muy bien —respondió el dependiente. Y añadió, invitándonos a marchar—: adiós muchachos. Siento no poder ayudaros. Otra vez será.

11

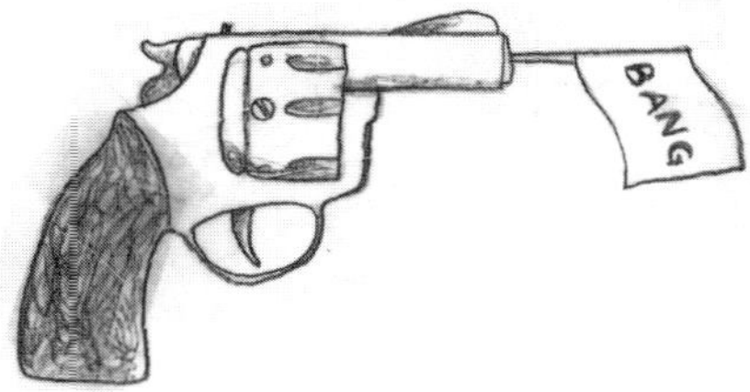

Lo descubriré

Cuando sonó el timbre de mi casa, dos llamadas cortas y una larga, supe que quien llamaba no era otro que mi abuelo Daniel.

Esta vez no venía solo, le acompañaba mi abuela Asunción. Mi abuela todavía llevaba el brazo derecho en cabestrillo.

—¿Cómo vas, abuela? —le pregunté dándole un beso.

—Mejor hijo, mejor. Y tú ¿cómo va el cole?

—Fenomenal, abuela.

—Hola Marcos Mostaza —me saludó mi abuelo, que se retrasó un poco en el rellano mirándose las suelas de los zapatos. Luego se dirigió a la cocina como si ya no hubiese nadie más en la casa.

—Abuelo, mis padres no están en la cocina, están en el cuarto de estar —le dije.

—Ahora voy para allá. Voy a coger un «biofrutas» de esos tan buenos.

—Pero Daniel no te da vergüenza, podrías saludar primero —le recriminó mi abuela.

—¿Vergüenza? Estoy en casa de mi hijo. Y tengo todo el derecho del mundo para mirar dentro del frigorífico y coger lo que me dé la gana. Son buenísimos. Deberías comprarme alguno de vez en cuando. ¿Quieres tú uno?

—Yo no quiero nada —contestó mi abuela, meneando la cabeza.

—No te decía a ti, le decía al pequeño. ¿Hace un «biofrutas», Marcos Mostaza, de piña y coco?

—No, gracias. Acabamos de cenar, abuelo. Ah, por si no lo sabías el coco protege a las células contra la oxidación.

—Entonces me tomaré dos.

Mi madre seguía sentada como si tal cosa. Desde que mi abuelo Daniel se presentó en casa, con unas gafas de bucear, explicando que había estado cortando cebolla y se había olvidado de quitárselas, nada la sorprendía ya de lo que hiciera o dejara de hacer. Mi padre se levantó, besó a mi abuela y se volvió a sentar. No terminó de sentarse cuando mi abuela comenzó a hablar mirando a papá:

—A ver si tú le puedes convencer, Ricardo. A mí no me hace ningún caso.

—Convencer ¿de qué? ¿No me querrá decir que otra vez se ha metido en algún lío? —los ojos de papá eran dos bolas de acero sobre el rostro de mi abuelo que acababa de entrar en el cuarto de estar.

Papá se rascó la nuca y miró a mamá. Mamá miró al techo. Se temía lo peor. Se temían lo peor. Nos temíamos lo peor.

—No es ningún lío —habló mi abuelo—. Absolutamente ninguno. Me han contratado para hacer un trabajo y yo, como profesional que soy, lo tengo que llevar a cabo. Y por si acaso, me he comprado esto —dijo sacando una pistola. Mi abuelo se puso en posición de tiro con el dedo en el gatillo y apuntó a mi padre.

—Pero quiere hacer el favor de apuntar a otro lado —salió de la boca de mi padre, levantando los brazos igual que si lo hubiera capturado el ejército rival.

—Pero qué haces, ¿te has vuelto loco? ¿De dónde has sacado tú esa pistola? —le preguntó mi abuela, que no daba crédito a lo que estaba viendo.

Mi madre se protegió la cara con un cojín.

—Es de fogueo. No está cargada y tiene el seguro puesto —dijo mi abuelo. La he comprado para cumplir con mi próximo trabajo.

—¿Trabajo? Pero si usted está jubilado —dijo papá una vez recuperado del susto, yendo de un lado a otro de la habitación—. Usted lo que tiene que hacer es…

—Sí, lo sé. Lo que tengo que hacer es construir la catedral de Colonia con cerillas. Pero eso te lo dejo a ti para cuando te jubiles. Yo estoy fuerte como un roble y necesito acción. Y si tengo que descubrir al fantasma lo descubriré.

—¿Fantasma? —preguntó mamá.

—¿Fantasma, qué fantasma ni qué ocho cuartos? ¿Se quiere explicar de una vez? —dijo papá.

Y mi abuelo se explicó.

Cuando terminó con sus explicaciones me preguntó:

—¿Por cierto, vosotros erais cuatro ¿no? Por lo que veo falta alguien —a mi abuelo se le iba la cabeza, estaba claro.

—Falta mi hermana Marina —le dije.

—¿Y dónde está? ¿No me querrás decir que está coqueteando por ahí?

—No abuelo, está entrenando. Este fin de semana tienen un partido muy importante.

—¿Desde cuándo juega tu hermana al fútbol?

—Al baloncesto, abuelo. Al baloncesto.

12

Cuatro torres

Hola primo Carlos:

Tengo que contarte algo que te va a dejar de piedra. El abuelo vuelve a la carga. ¿Recuerdas que mandó imprimir unas tarjetas con su nombre, dirección, número de teléfono y con un breve texto: «INVESTIGADOR PRIVADO»? ¿Recuerdas que estuvo repartiendo tarjetas a todo aquel que entraba y salía del Vips? Pues bien, ayer se presentaron en nuestra casa, él y la abuela. Ella todavía con el brazo en cabestrillo; el abuelo, con una pistola en el bolsillo. La pistola era de fogueo y no estaba cargada. Pero el susto que le dio a mi padre...

La abuela pretendía que papá convenciese al abuelo de que rechazase un nuevo trabajo que se trae entre manos. Pero, como siempre, resultó imposible. Escucha esto: un señor ha contratado al abuelo para que descubra a un fantasma. Sí, un fantasma.

Según el abuelo su cliente ha sido un caballero respetado, alguien importante que incluso ha salido varias veces en la televisión, amigo íntimo de varios «peces gordos». Al parecer, el cliente ha decidido retirarse de su vida profesional y por eso ha vuelto a nuestra ciudad, y triste y solo (su familia no ha querido saber nada del asunto) ha vuelto a la casa donde nació, un antiguo palacio renacentista con cuatro torres y un fantasma, pero todavía no ha podido dormir allí ninguna noche. Y no será por falta de colchones.

Afirma el señor que, a media noche las tablas comienzan a crujir, las luces se encienden y se apagan, los goznes de las puertas chirrían y lo peor de todo: el cliente tiene la sensación de que unos ojos le observan dentro de la casa. ¿Qué te parece? Da miedo, ¿eh?

Conforme lo iba contando mamá se acercaba más a papá.

Lo mejor ocurrió cuando el abuelo dijo que las luces se encendían y se apagaban, justo entonces, se fue la luz y alguien golpeó la puerta de nuestra casa. «El fantasma», dijo el abuelo poniéndose de pie de un salto. Los golpes en la puerta se repitieron. «Yo no abro», dije. Creo que papá se metió debajo de la mesa.

Pero no era ningún fantasma, se trataba de mi vecina Begoña con su hijo Lenin (¿te acuerdas del día que cruzó de su terraza a la nuestra como si fuera un funambulista?) que había vuelto a hacer una de las suyas y había conseguido que se fuese toda la luz del bloque.

Lenin llevaba en la mano un muñeco. Se trataba del viajero espacial protagonista de la película *Toy Story*, el muñeco Buzz Lihgtyear. Lenin apretó un botón y una voz salió de dentro del juguete: «Buzz Lightyear al rescate. Hasta el infinito y más allá».

Luego, Lenin juntó las piernas del muñeco y unos cables que iban unidos al casco de la cabeza comenzaron a girar. Unas bombillitas se iluminaron alrededor del muñeco. Aquello parecía una noria dando vueltas en plena noche.

«Fíjate en mi impresionante envergadura», salió de dentro del muñeco.

«Fíjate en mi *presionante vergadura*», repitió Lenin con su lengua de trapo.

Después de la demostración de las habilidades del juguete, Papá, como presidente de la junta de vecinos, tuvo que bajar al cuarto de contadores y subir una palanca. La luz volvió. Pero Lenin no volvió a su casa. Se quedó a cenar con nosotros, y con Buzz Lightyear.

Cambio de asunto, hablando de miedos: a mi amigo Hanif le han descubierto una enfermedad un tanto rara: *gefirofobia*. Yo no creo que se trate de una enfermedad como tal, creo que es un miedo. En este caso es el miedo a cruzar puentes. También le han regalado un telescopio reflector. Es impresionante. Si mi amigo hubiera tenido el telescopio antes, el abuelo no hubiera dudado de que el hombre pisara la Luna. Y es que, si le acoplas un visor especial, seguro que se puede ver hasta las huellas que dejaron los astronautas americanos.

Enviar.

13

Miedo a los payasos

Hola primo Marc:

Antes de que se me olvide, dile a tu amigo Hanif que con no cruzar puentes, su problema estará resuelto. Aunque me surge una duda: si cruza el puente en coche ¿también tiene miedo? Lo digo porque, como sabes, para ir al cole tengo que cruzar todos los días el Guadalquivir por el puente de san Telmo. Pues bien, hay un chico en el autobús de sexto curso que cuando tenemos que cruzar el puente se pone una máscara antifaz de esas que se usan para dormir. Ahora que lo pienso tal vez él también tenga lo mismo que tu amigo: *gefirofobia*. Se lo preguntaré mañana mismo.

¿Sabes que también existe un miedo a los payasos? Pues sí y se llama *coulrofobia*. Y, según mi amigo Joaquín, el actor Johnny Depp (*Eduardo Manosti-*

jeras, Charlie y la fábrica de chocolate...) tiene esa fobia.

No sé si existirá un miedo a los abuelos, pero creo que, si lo hay, mi madre lo tiene. Cuando se entere de lo del fantasma pondrá el grito en el cielo. Ya verás que pronto llama a tu madre.

Muchas veces creo que papá se va lejos sólo para no aguantar los enfados de mamá. Ahora le ha dado por darme un beso todas las noches y recordarme qué día es el siguiente. «Muuua. Te recuerdo que mañana es jueves», me dice el miércoles por la noche. «Lo raro sería que fuese sábado», le dije la otra noche.

Con respecto al abuelo, a mí me parece bien que se ponga a investigar si hay o no fantasmas en ese viejo palacio. Cualquier cosa mejor que estar en casa sentado en el sillón y viendo los culebrones que echan por la tele.

Por lo que me dices, el suelo que cruje, las puertas que chirrían, el viejo palacio... todo me recuerda a la película *Los Otros*. En la que sale Nicole Kidman, ¿la has visto? Creo que le dieron un Oscar a la mejor película extranjera. La verdad es que yo no la terminé de ver. La vimos en casa de Joaquín, en el DVD, pero yo me pase la mayor parte de la película tapándome los ojos con las manos. De vez en cuando, separaba un poco los dedos y veía algo. Joaquín se estuvo riendo de mí toda esa semana.

Pero me da la impresión, Marc, de que todos los fantasmas tienen nombre y apellidos. Y una pregunta: ¿no sería mejor que el «respetado cliente» llamase a la policía antes que contratar a un detective privado? Haz el favor de advertirle al abuelo de que se meta una linterna en el bolsillo. Quién sabe.

Otra cosa: ¿qué te crees que preguntó el otro día en clase el tonto de Juan Luis Bocanegra? Preguntó cuántas vidas tenía un perro. Imagínate la carcajada que soltamos todos, hasta su hermano gemelo, hasta nuestro maestro que es más serio que un po-

licía alemán. «¿Cuántas crees que tiene?», le devolvió la pregunta. «Pues si los gatos tienen siete vidas, los perros, al ser más grandes, tendrán nueve o diez», contestó. Otra vez toda la clase se partió de risa.

«Este hermano mío es tonto», me confirmó su hermano gemelo Juan Ignacio Bocanegra.

Enviar.

14

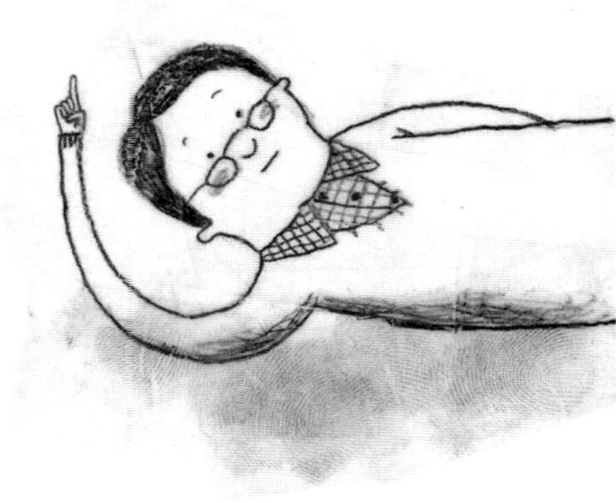

En la pizarra

«La primavera ha venido,
nadie sabe cómo ha sido».

Escribió Jovita en la pizarra, mientras terminábamos de sacar los cuadernos y los libros de las mochilas. Escribía y hablaba:

—Esto que estoy escribiendo es un pareado. Un pareado es una estrofa de dos versos. Un verso es cada línea de un poema…

Se giró y preguntó:

—¿Alguno sabe quién escribió esto?

A Jovita casi no le dio tiempo de cerrar la boca. Enseguida se alzó una mano: Lorien Vigalondo. Jovita le hizo un gesto con la cabeza.

—Usted —contestó Lorien, que es el único que trata a Jovita de usted, desde la primera fila.

Todos reímos, hasta Sergio Casanova que no se ríe ni aunque venga el circo Universal a clase.

—Un momento, un momento… quiero decir qué poeta escribió esta poesía que yo he copiado en la pizarra.

Y la leyó en voz alta.

Me giré a ver si Lorena sabía el autor. Se encogió de hombros.

Sergio Casanova, como no podía ser de otra manera, quería empezar la mañana con un diez, levantó la mano y abrió la boca.

—Buenaventura Durruti —dijo majestuoso, puesto en pie.

—¿Quién has dicho? —le preguntó Jovita, con los ojos como platos.

—Buenaventura Durruti —repitió el listo de Sergio Casanova.

—¿De dónde has sacado tú ese nombre? —le preguntó Jovita.

—De una calle —contestó Casanova. Y se sentó.

Jovita también se sentó.

—No, no es de Durruti. Es de Antonio…

—Antonio Banderas —se adelantó Lorien Vigalondo.

Jovita le fulminó con la mirada. Si hubiese estirado el brazo casi le podría haber dado un sopapo. Pero Jovita no es de dar sopapos, qué va.

—Antonio Machado —dijo Jovita— nació en Sevilla, en 1875. Es uno de nuestros mejores poetas.

—Ah, sí —dijo Sergio Abadía—. Mi madre tiene un disco con todas sus canciones o poesías, o lo que sean.

—Jo, pues, si no me fallan las cuentas, tiene más de ciento treinta años—. A Hanif siempre le gusta hacer este tipo de observaciones.

Lorena me tocó en el hombro, eche la cabeza hacía atrás.

—«Caminante no hay camino, se hace camino al andar» —me dijo al oído.

15

Fácil de cortar

—¿Habéis probado a cortar una galleta con unas tijeras? —nos sorprendió Hanif en mitad del recreo.

Lorena negó con la cabeza, Sergio Abadía hizo el gesto como si le faltase un tornillo. Yo me metí un dedo en la boca y me rasqué una muela.

—¿Lo dices en serio? —le preguntó Sergio Abadía, que aquella mañana de primavera nos acompañaba en nuestro rincón preferido del patio del cole.

—Claro que lo digo en serio. No hay nada más complicado que cortar una galleta con unas tijeras. Y no te digo nada si lo que quieres hacer es cortarla en dos partes exactamente iguales.

Puede que Hanif tenga razón. Tiene que ser muy complicado cortar una galleta. Y ya no digo nada si se trata de una galleta rellena de chocolate. Creo que nunca he cortado una galleta, siempre me las como enteras. Les doy un par de bocados y ya caben en la boca, o la meto en el tazón de la leche, la mojo un poco y me la llevo rápidamente a la boca antes de que el trozo mojado se suelte y caiga sobre la leche salpicándome. Por eso prefiero magdalenas para la leche. Magdalenas del horno del pueblo de mi madre, de Ejea de los Caballeros. Esas sí que son buenas. Mamá compra tres o cuatro docenas y las congela. También son muy ricos los cruasanes. Los venden al peso. Nada de un cruasán o dos, quinientos gramos de cruasanes. En medio kilo entran, justo, media docena de cruasanes. Gramo arriba gramo abajo.

Ahora que lo pienso, puede que sea más fácil cortar un cruasán con unas tijeras que una galleta.

—¿En qué estabas pensando? —me preguntó Sergio Abadía.

—¿Eh?

—Que en qué estabas pensando Marc, parecía que estuvieses en otro planeta.

—Nada. En que mi tía Mariví se ha ido a Rumanía.

—¿De vacaciones?

—No, a trabajar.

—Pero si son los rumanos los que vienen aquí a trabajar.

—Eso mismo fue lo que le dije a mi madre cuando me dijo que mi tía se había ofrecido al Jefe de planta para ir a Rumanía.

Entonces sonó la sirena. Se acabó el recreo.

—Cuando terminemos el curso estará de vuelta —dije. Pero nadie me escuchó porque el ruido de la sirena se metía por los oídos como una lengua de fuego.

—¿Has dicho algo? —me preguntó alguien.

—No, nada. Que yo sí sé cortar un cruasán con unas tijeras de cocina.

—Ah.

En algunas zonas del recreo aún se podían ver los charcos que había dejado la tormenta que hubo por la noche.

16

Dos chicos y tres chicas

Mamá está triste. Se le nota. Y, aunque no me lo ha dicho, se por qué. Sé que está triste porque mi tía Mariví se va a Rumanía. A una ciudad situada al noroeste de Bucarest. La ciudad se llama Cluj-Napoka. Al parecer es una ciudad donde hay muchos estudiantes y alguna iglesia bonita.

Mi tía no va a estudiar, va a trabajar. Se ha ofrecido voluntaria, pero ha sido la última en ofrecerse. Su empresa tiene una sucursal allí y están enseñando a los trabajadores rumanos nuevos sistemas de producción. «Al final —asegura mi tía— se llevaran allí toda la fábrica. Los sueldos son más bajos. Así que… al tiempo».

El viaje es muy largo. Tiene que ir en tren hasta Madrid, coger un avión rumbo a Bucarest, y de allí un autobús que los deje en Cluj-Napoka. Digo *los*, porque mi tía no va sola, va con cuatro chicos más. O sea, dos chicos y tres chicas.

«¿Qué quieres que te traiga de regalo?», me preguntó por teléfono. No me lo pensé dos veces y le contesté que lo que quiero es que vuelva ella sana y salva. «Que me voy a Rumanía, que no voy a Afganistán», me contesta con una medio carcajada. «Qué te parece una reliquia del conde Drácula», me dice. «No sé qué es una reliquia», le contesto. «Quiero decir algo que tenga que ver con Drácula», me aclara. «¿Y no puede ser algo que tenga que ver con Frankenstein?», le digo. «No, Frankenstein no vivió en Transilvania», me dice.

No sé qué decir. No contesto. «Cosica (ella siempre me llama así, desde que nací), ¿estás ahí?», me pregunta con el acento inconfundible del pueblo. «Sí, aquí estoy, no me he ido. Te paso a mamá. Buen viaje. Y vuelve pronto, mua». Y le paso el teléfono a mamá. Mamá me retiene y me repite una dirección de correo electrónico por si queremos mandarle algo: mensajes, fotos…

Voy directo al cuarto de estar, papá ve su serie preferida y mi hermana también. Me siento y me miro los pies, es como si en vez de zapatillas llevase unos cocodrilos puestos. Pienso en mi tía Mariví tumbada en una cama con un colchón que cruje al cambiar de posición, en una habitación extraña, con las paredes un poco torcidas y que necesitan un repaso de pintura, pensando en mi abuela Carmen, en mi tía Noelia, en mi madre, en mi hermana Marina, en mí. Pensando que tiene que adelantar la hora ya que en Rumanía, siempre, es una hora más.

Porque tengo casi diez años, que si no, me cae alguna que otra lágrima, como a mamá.

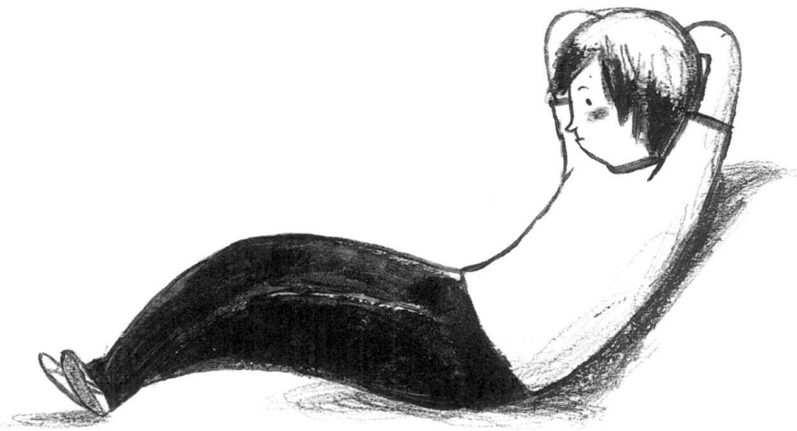

17

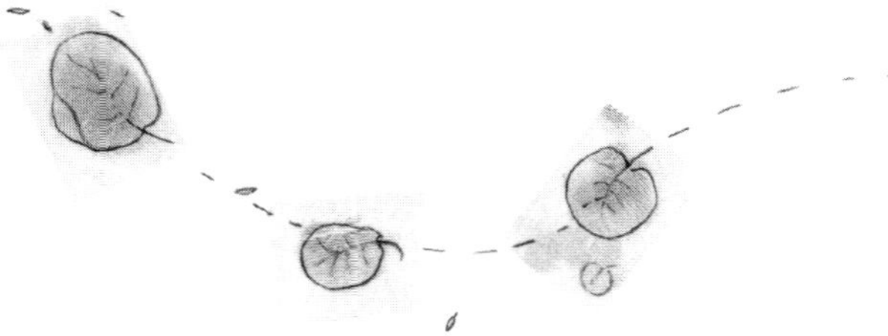

Abrígate bien

Querida tía Bivi:

Espero que estés bien. Que no te hayan perdido ninguna maleta en los aeropuertos y que todo haya ido a pedir de boca. Espero que el apartamento donde os iban a meter a las chicas sea tan bueno como aseguras. Ya te habrás dado cuenta de que allí hace más frío. Abrígate bien ¿Has adelantando el reloj? ¿Cómo es allí la primavera?

Aquí todo sigue igual, bueno con más agua. Lleva lloviendo un par de días. Llueve y hace viento. Ese viento que vuelve loco a papá. Por otra parte mamá está bien y mi hermana me regaña más que nunca; el sábado, asegura, va a ser titular en el partido. Últimamente parece que está más contenta.

¿Te había dicho que le hemos regalado a mi amiga Lorena un hámster con su jaula y todo? Pues la jaula nos la podíamos haber ahorrado y haber comprado chuches. Según Lorena, el roedor se ha hecho amigo de la perra. Esta le abre la puerta y el hámster sale y se sube en el lomo de Almohadón, que es así como se llama el *husky* siberiano. Juntos pasean por toda la casa y por lo que llaman jardín, y que a mí, por mucho que digan, me parece más un portal con dos macetas que un jardín. Yo todavía no los he visto, pero me lo creo. Lorena no es de esas chicas que hablen por hablar.

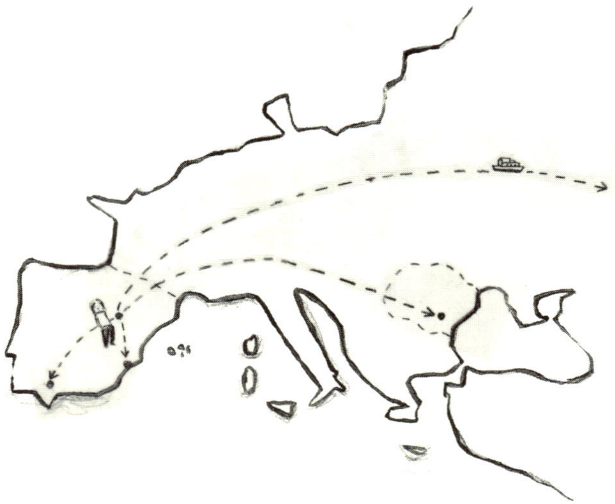

Ya me dirás cómo son allí las cosas. Y si hay algo que te llame la atención. Ten cuidado con Drácula y con los lagartos. Te dejo que voy a escribirle un correo a mi primo Carlos, ya sabes el hijo de mi tío

Chema y mi tía Covadonga, los que viven en Sevilla. Ahora que lo pienso tengo a la familia separada por un montón de kilómetros. Mi tío Chema en algún punto del océano Pacífico, tú en Rumanía, mi primo en Sevilla, mi primo Gonzalito que vive en Alicante...

Besos.

Enviar.

18

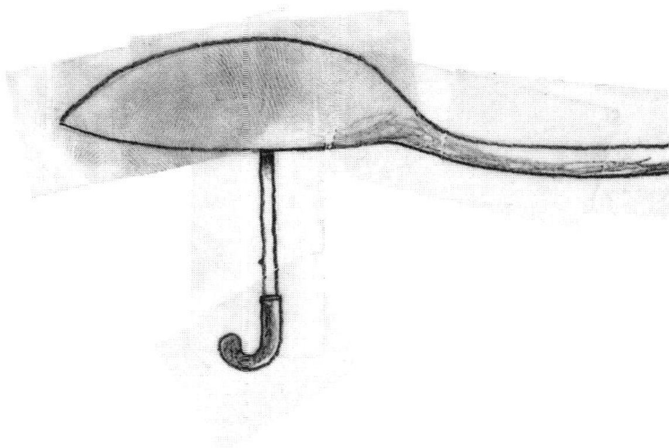

Mujeres asesinadas

Hola querido primo Carlos:

Lleva lloviendo desde el lunes. No es que esté todo el día y toda la noche lloviendo sin parar, llueve intermitentemente. Llueve a la hora de ir al colegio, a la hora del recreo, a la hora de salir del colegio.

Ahora no llueve. Ahora el viento silba. Aúlla. Ya sabes que aquí, cuando hace viento, hace viento. El fuerte viento parte ramas de árboles, derriba macetas, arranca la ropa de los tendederos... y vuelve loco a papá.

Ayer por la noche, durante la cena, papá dijo que estaba harto de este endemoniado viento, que lo mejor sería cambiarnos de ciudad. «¿Irnos a vivir a otra ciudad...?, de eso nada. Yo de aquí no me muevo», sentenció mi hermana, tajante. A mi hermana se le están subiendo los humos a la cabeza.

Papá no levantó la cara del plato. Se llevó una cucharada de sopa a la boca, la tragó y le contestó muy serio: «Tú harás lo que te digamos. Te recuerdo que todavía no eres mayor de edad. Cuando cumplas los 18 años te puedes ir adonde te dé la gana. A Ciudad Juárez, por ejemplo».

Mi hermana se levantó y se marchó. Sin decir buen provecho, sin decir hasta mañana, sin preguntar dónde estaba aquella ciudad. Metió la servilleta en su aro y salió directa a su habitación. La puerta se cerró con un portazo.

Mamá no se levantó tras ella como otras veces, la dejó ir. Se ve que mi hermana está en una edad muy difícil.

«Ricardo, no creo que sea una buena idea cambiar de ciudad. Tienes un buen trabajo, tus padres viven aquí, los chicos tienen sus amigos, estamos a mitad de curso...», dijo mamá con sensatez.

«Sí, ya lo sé, lo sé. Pero este maldito cierzo me saca de mis casillas», contestó papá, inclinando un poco el plato para que la cuchara se llenara de sopa.

Ya no pasó nada más. Terminamos de cenar, recogimos la mesa, metí los platos, los vasos, los cubiertos en el lavavajillas y fui veloz a ver dónde se encontraba Ciudad Juárez. Si es que dicha ciudad no había sido una invención de papá.

Ciudad Juárez existe. Es una ciudad mexicana del estado de Chihuahua (imagino que habrás oído hablar de esta clase de perros). Es la sexta ciudad más grande de México. Está muy cerca de la frontera con Estados Unidos. No sé si será por eso, pero lo cierto es que allí, en Ciudad Juárez, anda un asesino suelto. O más. Son más de trescientas las mujeres asesinadas. Sí, has leído bien: asesinadas.

Pero no creo que papá supiera este detalle, no creo que papá le hubiera querido decir a mi hermana que se fuese allí para que... No, no lo creo.

Dejé el ordenador encendido y salí a decírselo a papá. «Mira, te voy a enseñar una cosa», le dije. Le

tiré de la manga e hice que me siguiese. Ni protestó ni nada. Se levantó y me siguió.

Entramos en mi habitación y le señalé la pantalla del ordenador y lo pudo leer igual que yo: «Asesinos de mujeres en Ciudad Juárez».

Papá se sentó en mi silla y fue entrando y saliendo de diferentes páginas web y leía:

«El asesinato de mujeres en Ciudad Juárez continúa impune».

«*Femicidio* en Ciudad Juárez».

«Ola de crímenes de mujeres en Ciudad Juárez».

«Más crímenes en Ciudad Juárez».

Y me susurró: «No le digas nada a tu hermana, ¿entendido?». «Entendido, papá. Soy una tumba».

Ah, otra cosa que casi se me olvidaba: el Oscar no se lo dieron a *Los Otros*, se lo dieron a *Mar adentro*. Lo sé porque durante un tiempo fue la película favorita de papá. Lo sé porque recuerdo cómo una actriz muy guapa con un nombre impronunciable no dijo *and the Oscar goes to... Sea inside*. La actriz que abrió el sobre dijo: «¡España!». Y lo dijo en español. Y es que al parecer, a la actriz de nombre impronunciable, le gusta pasar sus vacaciones en *Spain*.

Enviar.

19

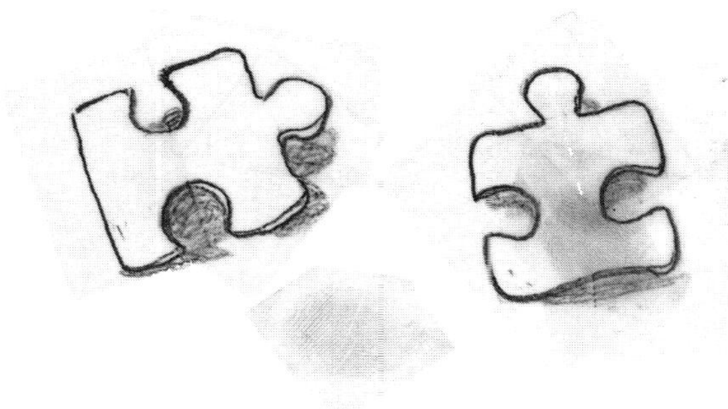

Mirando de perfil

Querido Marc:

Sería una suerte que os vinierais a vivir aquí, a Sevilla. Pero me parece que tu madre lleva razón cuando dice lo que dice.

Aquí ya es primavera. Se ven más turistas y muchos bares ya han sacado sus terrazas a la calle. Ayer por la noche mamá no quiso cocinar y me invitó a cenar fuera. Pasé de ir a una hamburguesería. Dejé que me sorprendiera y me llevó a una especie de bar-restaurante en el que probé la mejor ensaladilla que he comido nunca. No te lo tomes a mal, pero mucho mejor que la que prepara tu madre.

Por cierto, no me dices nada de si quieres que sigamos con el juego de encontrar al «personaje secreto». Te recuerdo que ahora te toca a ti buscar y fotografiar al personaje. ¿Acaso ya no te apetece seguir jugando? ¿Acaso quieres que nos encarguemos de descubrir al asesino de esa ciudad con nombre de mariachi? ¿No te habrás convertido de la noche a la mañana en un nuevo Sherlock Holmes? Porque si es así, desde ya te digo que no cuentes conmigo. Y añado: al que vuelve loco el viento es a ti y no a tu padre.

Otra cosa, mariposa: te digo que por fin he conseguido completar el puzle de 3000 piezas, ya sabes, ese que me regalaste para Navidad y que comencé a principios de año. Creo que me sale a una media de 25 piezas por día, pero ha habido muchos días que ni lo he tocado. Al final todo encaja, todo está en su sitio: el dios halcón (Horus), el dios chacal (Anubis) y Ramsés I en medio de ellos, mirando de perfil. Y lo he terminado yo solo, sin la ayuda de nadie, te lo juro. Cuando mi amigo Joaquín lo vio, sonrió y dijo: «si cambio de opinión y el año que viene decido disfrazarme para Carnavales, ya sé de qué hacerlo». Y ya no dijo nada más. Imagino que se refiere a Ramsés I. Por cierto, te comenté que el pobre Joaquín no pudo salir con su cofradía. Cogió un virus y tuvo que pasarse toda la Semana Santa en la cama.

Bueno, te lo repito: ya me dirás si quieres o no seguir con el juego.

Enviar.

20

Cuénteme eso

Mi abuelo se quitó la chaqueta, sacó una cinta de casete de uno de los bolsillos y la agitó en el aire.

—Aquí está la verdad. Y la solución al enigma del fantasma.

Sacó la cinta de la carcasa y la metió en mi aparato de música.

—¿Cómo funciona esto? ¿Cómo diablos se abre?

—Deja abuelo, un momento. Déjame a mí.

Metí la cinta y le di al *play*. Una voz desconocida, educada, tal vez algo apagada, con cierto acento francés comenzó a sonar:

«Al principio era como un peso sin forma. Un peso que me empujaba hacia abajo. Luego el peso se fue desplazando, adquiría forma. O tal vez no era una forma, pero era algo. Yo lo sentía. Era como si algo caminase a mi lado, a un metro de mí. Y lo más extraño era que me resultaba familiar. El aire comenzó a condensarse y la forma se fue convirtiendo en forma humana. Creo que un hombre, pero no estoy completamente seguro. Tenía los ojos abiertos y la cara sin expresión. Parecía una imagen de cera. Ya no me acompañaba cuando yo caminaba, estaba inmóvil. “No puedo quedarme aquí”, me dije. “No, no puedes”, me pareció oír. O tal vez fue solo el ruido del viento colándose por las ventanas mal ajustadas. Tenía frío. Los árboles se inclinaban hacia un lado. Soplaba el cierzo. Quería escapar, pero no podía. La casa ejercía una poderosa atracción sobre mí. La casa estaba pendiente de mí. Nací en aquella casa, en el piso de arriba, en el dormitorio de mi madre, en aquella misma cama en la que ella murió y ahora estaba cubierta por una gran tela de araña —aquí la voz hizo una pausa—. Pasé mi infancia en aquella casa, hasta que me marché a estudiar a Madrid, ¿lo entiende?».

«Sí, creo que sí. Y dígame quién vivió en aquella casa, aparte de su madre» —el que preguntaba era mi abuelo.

«Mi padre. Mi padre murió justo el año que me fui. Mi padre era un hombre hosco, siempre recluido en sus negocios. Creo que tenía una amante (se sonó la nariz). En su funeral llovió más que nunca en la vida. Mi madre se quedó viuda. Los negocios de mi padre fueron de mal en peor y mi madre tuvo que alquilar habitaciones para poder seguir manteniendo la casa».

«Cuénteme eso. Mientras si no le importa me voy a afeitar».

«Pero oíga…».

«Usted siga con lo suyo. Se está grabando todo. Me afeito y escucho. ¿Dónde guarda la crema de afeitar?».

«Señor Mostaza, permítame que le diga que no me parece serio».

«Deje de poner trabas y continúe con lo que estaba diciendo. Ya buscaré yo. Se había quedado en lo de las habitaciones de alquiler».

«Bueno, sigo... Yo ya no estaba en casa. Lo poco que sé es por las cartas que me escribía mi madre, por lo que yo mismo veía en mis cortas estancias en las vacaciones. Pasaron docenas de huéspedes por la casa. Pero eso se acabó, al parecer un buen día apareció un inquilino muerto en su habitación. Se corrió la voz de que el palacio estaba encantado, embrujado. Alguien dijo haber visto una figura asomada a una de las ventanas, justo donde estaba la habitación del huésped fallecido. Recuerdo que un viejo amigo me mandó a mi domicilio de París un recorte de prensa donde se citaba la noticia (hizo un ruido algo desagradable con la boca). Me pregunto si el fantasma no quiere que viva en la casa en la que nací».

«Aaah, según me cuenta eso parece. ¿Quién cuidaba de la casa cuando su madre falleció, algún familiar?».

«Al principio sí. Una prima segunda de mi madre se pasaba una vez por semana por el palacio, entonces quedaba a las afueras de la ciudad. Yo le mandaba generosos cheques. Pero un buen día me escribió diciéndo que la casa era demasiado vieja, que las malas hierbas se comían el jardín y que si daba el visto bueno, un vecino suyo se haría cargo de la casa y del jardín. Como comprenderá me vi obligado a aceptar el cambio. Me mandó las señas y yo solo tenía que mandar cada dos o tres meses cierta cantidad de dinero. Un buen día recibí una carta sellada en Zaragoza, el nuevo guardián, llamémosle así, había cambiado de domicilio y me solicitaba que le mandase el dinero al palacio. Ya estaría él al tanto».

«¿Cuándo fue la última vez que usted pisó la casa, me refiero a antes de su regreso hace algunas semanas?».

«Cuando falleció mi madre me quedé dos días en la ciudad arreglando papeles. Hace más de cuarenta años».

«Cuarenta años son muchos años, ya lo creo. Si no estoy equivocado usted era hijo único…».

—Apaga, Marcos. Me aburre este tío —dijo mi abuelo.

—¿Pero era o no era hijo único? —le pregunté a mi abuelo.

Mi abuelo afirmó con la cabeza.

21

Una placa de policía

—Pero abuelo a quién se le ocurre afeitarse en casa de ese tío. No es serio.

—Tu abuela no se acordó de comprarme cuchillas. Así que en algún sitio tenía que hacerlo. Pero dime ¿qué te parece el asunto? —me preguntó. Se puso las manos debajo de la cabeza y miró al techo.

—No sé abuelo. No creo que te sea de mucha ayuda. No entiendo de esas cosas. Creo que me falta experiencia —contesté.

—¿Pero tú crees en fantasmas o no? —me preguntó de sopetón.

Me encogí de hombros.

—Pues yo no creo en fantasmas. Ni con cadena ni sin cadena. Ni con sábana ni sin sábana. No creo en fantasmas, ni en extraterrestres, ni en que el hombre haya pisado la Luna. Y «sanseacabó».

En la calle, alguien intentaba, sin conseguirlo, poner en marcha un coche.

—¿Sabes lo que te digo?, este es el caso más sencillo que he visto en mi vida. Hasta tú sabrías resolverlo a poco que lo intentases.

Me rasqué la cabeza, desorientado. Aquello era un rompecabezas. Pensé en el puzle de 3000 piezas que le regalé a mi primo Carlos. Cerré los ojos y vi a mi primo colocando piezas y más piezas. Una de color carne que correspondía al torso de Ramsés I, una de rayas negras y amarillas que colocaba sobre la cabeza del faraón, otra con una raya insignificante que correspondía al jeroglífico de la parte superior y... un montón de piezas todavía por colocar.

—Escucha —dijo mi abuelo. Volvió a meter la cinta en el reproductor y él mismo le dio hacia atrás y luego al *play*.

«... Tenía los ojos abiertos y la cara sin expresión. Parecía una imagen de cera. Ya no me acompañaba cuando yo caminaba, estaba inmóvil» volvió a oirse. Y mi abuelo apretó el botón de pausa. Le dio al botón para adelantar y:

«... que las malas hierbas se comían el jardín y que si daba el visto bueno un vecino suyo se haría cargo de la casa y del jardín. Como comprenderá me vi obligado a aceptar el cambio. Me mandó las señas y yo solo tenía que mandar cada dos o tres meses cierta cantidad de dinero. Un buen día recibí una carta sellada en Zaragoza, el nuevo guardián, llamémosle así, había cambiado de domicilio y me solicitaba que le mandase el dinero al palacio. Ya estaría él al tanto.

Mi abuelo paró el aparato, pero esta vez no sacó la cinta. Sacó una servilleta de bar, la desdobló y leyó un nombre:

—Dámaso García Poncela.

—No te entiendo, abuelo.

—Pues que este es el fantasma —dijo con aire satisfecho—. Dámaso es la persona que tenía que quedarse al cuidado del palacio. Tanto lo cuidó que se quedó a vivir allí. Y claro, cuando se presentó el verdadero dueño del palacio, sin anunciar su llegada, no tuvo más remedio que recurrir a un sobrino suyo que es actor de teatro para hacer semejante pantomi-

ma. Pero el fantasma no contaba con que Daniel Mostaza estaba detrás del asunto. Al fantasma, querido nieto, se le ha caído la sábana. Así que, asunto resuelto, ¿qué te parece Marcos Mostaza?

—Eres un hacha, abuelo. Pero ¿lo puedes demostrar? —le pregunté.

—Totalmente. Aquí (mi abuelo señaló la cinta nuevamente) tengo la confesión del buen señor. En el momento que le puse la placa de la Policía Nacional delante de los ojos, el hombre se derrumbó y lo confesó todo. Todo.

—¿Qué placa?

—Esta —y mi abuelo sacó una placa de policía.

—¿De dónde la has sacado?

—Ah, «se dice el pescado pero no el pescador».

—Abuelo, un día de estos te vas a meter en un buen lío.

—¿Te parece poco lío la vida misma, Marcos Mostaza?

Me encogí de hombros.

—Abuelo.

—¿Qué?

—Es: «Se dice el pecado pero no el pecador».

—*Oquei*. Nunca te acostarás sin saber tres o cuatro cosas más.

Y se echó a reír.

22

Hello

Hello Marc:

Te escribo a toda prisa ya que he quedado con Joaquín. Impresionante la actuación del abuelo. Deberíamos estar orgullosos de él. En menos que canta un gallo resolvió el asunto del fantasma. Ya te dije que los fantasmas tienen nombre y apellidos. A ver cuánto le dura la tranquilidad.

Para tranquilidad la que debe de tener mi padre en su regreso a casa, asegura que el océano Pacífico es una balsa de aceite, que los vientos alisios soplan igual que en 1520 cuando Magallanes le bautizó así, en pocos días estarán cruzando el canal de Panamá. Me dice también que está escribiendo un cuaderno de bitácora donde lo anota todo. Mi madre va tachando los días que quedan para su vuelta en un calendario. Todavía no sabemos si podremos ir a recibirle a Cartagena que es la base central del BIO Hespérides. Para que no lo busques te digo que «BIO» significa Buque de Investigación Oceanográfica; como verás no tiene nada que ver con los yogures.

Todavía no me dices nada sobre el juego del «personaje secreto», por lo que entiendo que pasas totalmente. Dime algo, *please*.

Enviar.

Hello Carlos:

Si no te he dicho nada sobre el juego es porque estoy muy ocupado con los trabajos del cole. Jovita, nuestra profesora, se ha vuelto loca. Como se acerca el día del libro, pretende que nos leamos dos. No uno, dos. Y no solo eso, también quiere que hagamos un trabajo sobre uno de ellos. Ya sabes un resumen y todo eso. Así que, si te parece, dejamos el juego para más adelante.

Te digo la última: mi padre se ha metido a pintor. No de brocha gorda, no, pintor de cuadros. Se ha comprado un estuche con no sé cuántos tubos de pinturas y un lienzo totalmente blanco. Comenzó el sábado pasado. Y podrías estar años intentando adivinar qué cuadro está copiando. No es ningún Velázquez, o Goya, o Picasso, o Guiseppe Arcimboldo... Quiero decir que no está copiando ningún cuadro que se pueda ver en un museo. El cuadro que está pintando se puede ver en la televisión. Aparece en su serie favorita, en *Frasier*. No sé si la has visto alguna vez. Yo no termino de enterarme, pero papá no se la pierde ni un solo día. Yo sólo me río cuando sale un perro muy gracioso que se llama Eddie. ¿Has visto alguno de los capítulos? Es un cuadro abstracto. Para que te fijes, es uno en el que hay dos jarrones sobre un fondo rojo, azul y rojo. En la serie también sale un telescopio muy parecido al de mi amigo Hanif. Y un piano, pero, que yo sepa, ninguno de mis amigos tiene un piano. ¿Tiene algún amigo tuyo un piano?

Ah, Arcimboldo es ese pintor que pinta caras con flores, frutas, verduras, animales... Lo sé porque mis padres tienen la reproducción de un retrato en su dormitorio. *La Primavera*, se titula. Y me alegro de que el Hespérides navegue sin mayor novedad.

Enviar.

23

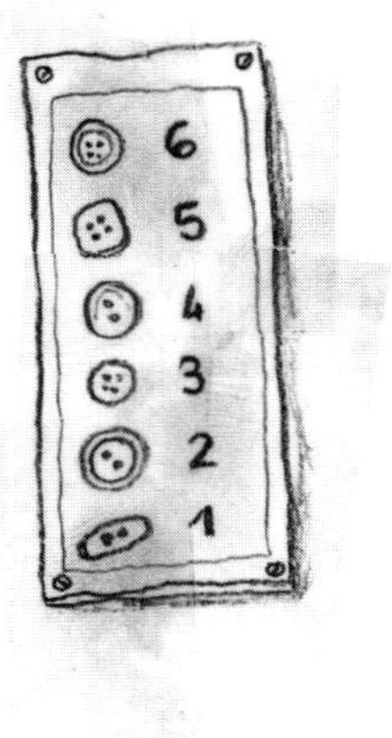

Abierto es *deschis*

Cuando aquella tarde llegué a casa tenía una carta sobre mi cama. Era de mi tía Mariví. Dejé la mochila sobre la silla, me quité la chaqueta y, con alguna dificultad, abrí la carta:

«Hola Cosica:

Te diré que esta es la cuarta carta que te escribo. Digo la cuarta ya que las otra tres las he roto: no sabía muy bien cómo empezar. Creo que no debería llamarte ya de esa forma. Tienes casi diez años y va siendo hora de dejar de llamarte cosica y llamarte por tu nombre, que para eso lo tienes. Pero déjame que esta sea la última vez que te llame así. ¿Vale?

El viaje fue muy cansado y a ninguno nos perdieron las maletas ni nada parecido. Mariola se mareó al aterrizar en Bucarest, pero nada más. Ah, que me tocó a mi lado a un señor muy simpático que no paró en todo el viaje de contarme chistes y adivinanzas. ¿A que no sabes en qué se parece una camisa a un ascensor? Piensa un poco. Te dejo con la duda y te lo contesto por *e-mail*.

El apartamento está muy bien. Es nuevo. Creo que si no lo hemos estrenado nosotras poco le falta. Mi habitación es un poco más grande que la de Ejea. Desde la ventana de mi habitación puedo ver la cúpula de la catedral ortodoxa. También veo un montón de coches destartalados y burros. Sí, has leído bien: burros. Burros que tiran de carros. Impacta ver los coches y los carros circulando a la vez. Nos vienen a recoger para llevarnos a la fábrica que está a las afueras de la ciudad. Aquí la gente es más pobre, los sueldos son más bajos, pero viven bien.

No somos los únicos españoles; unos dos meses antes llegó a la fábrica un grupo de chicos y chicas de un pueblo de Jaén que se llama La Carolina. Curioso nombre, ¿verdad? Son muy simpáticos, y siempre están de buen humor. El trabajo es algo más descansado que allí. La gente es muy amable y ya me han enseñado algunas palabras en rumano. Sí es *da*. No es *nu*. Abierto es *deschis* (se pronuncia *deskis*); cerrado, *inchis*. *La revedere* es adiós… ¿Dónde está el cuarto de baño? es *unde e baia?*

Los de La Carolina están preparando una excursión para el fin de semana. Yo no sé si podré ir. Tal vez tenga que ir a trabajar. Pretenden ir a ver el Castillo de Peles. Dicen que es un castillo precioso que construyó el primer rey de Rumanía, Carol. No pongo en duda que fuese el primer rey de este país, pero también me parece que fue el primer rey con nombre de chica.

Como verás te mando una postal y te señalo con una flecha por dónde, más o menos, vivo yo.

Bueno, Marc, me despido. Cuídate mucho. Besos para ti y para tus padres y tu hermana.

Ciao como dicen los italianos, y un montón de rumanos.

Ah, se me olvidaba: tengo un vecino que se parece un montón al protagonista de la serie de televisión que le gusta a tu padre. A ver si le puedo hacer una foto y te la mando por *mail.*

Ahora sí. Hasta pronto».

24

Nos vamos

—Este tío estaba grillado —dijo Hanif delante de la reproducción del cuadro del tal Arcimboldo, en la habitación de mis padres.

—Ya te digo. A nadie se le ocurre pintar a una mujer con flores.

—Surrealista.

—Puede ser. No sé lo que significa, pero puede ser.

—¿Qué es esto, una lechuga?

—Eso parece. Y esto una fresa…

—Y esto una amapola.

—¿Qué bonito nombre para una chica?

—Prefiero Rosa. Es más corto.

—Sí, eso sí.

—¿Resolvió tu abuelo lo del fantasma?

—A la primera.

—Grotesco.

—¿Quién? ¿Mi abuelo?

—No, tu abuelo no. Este pintor. Prefiero lo que está pintando tu padre es más… es más… No sé cómo decirlo.

—Más realista.

—Pues eso.

—El cuadro se titula *La Primavera*.

—Como el pareado que nos enseñó Jovita.

—«La primavera ha venido, nadie sabe cómo ha sido».

—«Por la orilla del río, apareció mi tío».

—Hanif.

—Marc.

—¿Nos vamos?

—Nos vamos.